Nath-Apolline
La Forêt Interdite
Histoire pour frissonner - Magie de Bretagne

Publié par : Nath-Apolline

Design du texte par : Poongraphy

Un catalogage avant publication de ce livre est disponible dans les données catalogage-avant-publication de la Bibliothèque Nationale de France (BNF)

Distribué par : Dolce Group SAS

95, rue d'Avron

75020 Paris

ISBN-13 : 978-2-9586896-0-5

Dépôt Légal : Février 2023

Nath-Apolline

La Forêt Interdite

Histoire pour frissonner - Magie de Bretagne

La Forêt Interdite

Histoire pour frissonner - Magie de Bretagne

NATH-APOLLINE

BIENTÔT NOËL !

Capucine vivait dans une petite maison de pierres grises, nichée au cœur des Monts d'Arrée, en Bretagne. Âgée de dix ans, la petite fille aux yeux bleus marine et aux longues boucles brunes vivait une enfance paisible avec ses parents, son chien, Cosmo, et son chat, Babou.

Depuis qu'elle était toute petite, Capucine éprouvait une attirance irrésistible pour une forêt mystérieuse qui se trouvait à quelques kilomètres de chez elle. Elle adorait écouter les anciens de son village raconter d'étranges récits sur ce lieu interdit, que l'on appelait, jadis, la Forêt Ensorcelée. Certains affirmaient avoir entendu des bruits inquiétants et vu d'étranges lueurs aux alentours de l'endroit maudit mais tout ceci n'était qu'une vieille légende pour les villageois. Néanmoins, personne, ici, n'aurait jamais osé s'aventurer dans la Forêt Interdite.

D'un naturel curieux et aventurier, Capucine était fascinée par le monde de la magie. Depuis qu'elle avait appris à marcher, elle rêvait de percer le mystère de cette forêt qui, disait-on, se cachait derrière la grande colline, non loin du village. De temps à autre, quelques voyageurs égarés s'y aventuraient mais on ne les voyait jamais réapparaître. Personne ne s'en inquiétait vraiment, on se disait qu'ils devaient être passés par un autre chemin...

Un dimanche d'hiver, Capucine se leva très tôt, surexcitée par la journée qui s'offrait à elle. Aujourd'hui, c'était le 24 décembre ! Ce soir, ce serait le réveillon tant attendu et, demain, les cadeaux sous le sapin ! La fillette sauta d'un bond joyeux hors de son lit et se précipita vers sa fenêtre : y aurait-il encore de la neige cette année ?

Capucine aimait par-dessus tout ce spectacle magique du jardin tout blanc enseveli sous la douce neige cotonneuse. Un soleil timide pointait le bout de ses premiers rayons ensommeillés sur le jardin constellé de mille feux de givre, comme autant de décorations scintillantes de Noël. La petite fille esquissa une moue dépitée : pas le moindre petit flocon ! Ce matin, c'était décidé, elle allait réaliser un de ses rêves les plus chers : partir à la découverte de cette fameuse Forêt Interdite et tenter de percer enfin son mystère ! Il était tôt, elle serait rentrée pour le goûter, calcula-t-elle. Ses parents travaillaient tous les deux de nuit à l'hôpital et ne se lèveraient pas avant 14h00. C'était parfait !

Capucine prit son sac à dos, y fourra pêle-mêle, un sweat polaire à capuche, une lampe de poche et le petit téléphone portable à clapet que ses parents lui confiaient en cas d'urgence. Elle se faufila dans la cuisine et ajouta dans son sac, une petite bouteille d'eau, de la brioche, une plaquette de chocolat et un sandwich jambon-fromage confectionné à la hâte. Elle rédigea un petit mot à l'attention de ses parents afin qu'ils ne s'inquiètent pas de son absence. Elle jeta un rapide coup d'œil à l'horloge de la cuisine : 7h32. Elle avait largement le temps de revenir avant la nuit tombée !

« Chère Maman, cher Papa, je suis partie en randonnée pour la journée, j'ai pris un pique-nique, une polaire supplémentaire et le portable d'urgence en cas de besoin. Je serai prudente, promis. À ce soir, bisous, Capucine. »

Elle déposa son mot bien en évidence sur la table de la cuisine et sortit par la porte de derrière qui ne grinçait pas, contrairement à celle de la vieille porte d'entrée.

LA FORÊT ENSORCELÉE

Chaudement emmitouflée dans sa grosse parka, les mains protégées dans ses gants fourrés, Capucine chemina rapidement dans le village endormi. Seuls quelques coqs enroués de sommeil saluaient le lever du soleil de leurs cocoricos rauques. La petite fille avança lentement parmi les chemins de traverse du village pour éviter les sentiers, de peur de rencontrer quelqu'un qui voudrait savoir où elle pouvait bien se rendre à cette heure matinale.

Après une longue marche, Capucine arriva sans encombre au pied de la colline. Au loin, elle pouvait apercevoir la lisière de la Forêt Interdite. Une atmosphère pesante et lugubre se dégageait de l'endroit maudit et la fillette sentit un frisson glacial lui parcourir l'échine. De gros nuages noirs vinrent obscurcir le ciel, un vent d'ouest violent se leva et les cimes des grands pins se mirent à mugir leurs chants mélancoliques. Capucine retint son souffle, le cœur battant. Il lui fallut rassembler tout son courage pour entreprendre l'ascension du sommet de la colline. Il était presque 09 heures lorsque la petite aventurière atteignit enfin la lisière de la Forêt Interdite. Elle était beaucoup plus impressionnante vue de près ! Elle hésita de longues minutes avant de se lancer et de pénétrer dans l'épaisse et sombre végétation.

Capucine avançait prudemment, à petits pas de chat discret, parmi la bruyère, les ajoncs et les genêts qui lui griffaient les jambes. Elle se sentait observée par mille paires d'yeux invisibles. Tous les dix mètres, il lui semblait apercevoir furtivement, cachés entre les feuilles des arbustes, de drôles de petits êtres hauts comme des pommes de pins. Elle avait beau se concentrer, chaque fois que son œil pensait enfin pouvoir détailler ces minuscules créatures, elles disparaissaient aussi soudainement qu'elles étaient apparues.

Capucine était de plus en plus nerveuse, elle se retournait sans cesse, elle voyait des ombres noires onduler à droite et à gauche. Elle manqua céder à la panique lorsque quelque chose de dur lui effleura l'épaule. Elle poussa un cri strident, fit un bond de biche effrayée et se retourna brusquement. Un soupir de soulagement s'échappa de sa poitrine : Ouf, ce n'était qu'une longue branche de bois mort que ses pieds avaient fait basculer ! Elle reprit ses esprits et s'apprêtait à reprendre sa progression lorsque, soudain, une dizaine de gnomes grimaçants se matérialisèrent à ses pieds. Capucine n'y tint plus et hurla de peur. Le cœur battant à tout rompre, elle se mit à courir aussi vite qu'elle le put à travers la forêt. Quelques minutes plus tard, à bout de forces, les poumons en feu, elle déboucha sur une clairière de pins sylvestres.

L'endroit était baigné d'une lumière douce. Capucine décida de se reposer quelques minutes avant de poursuivre son exploration et se laissa tomber sur un tapis de mousse au pied d'un grand sapin. Elle était affamée ! Elle dévora aussitôt un gros morceau de brioche et la moitié de sa tablette de chocolat avant de s'allonger sur le dos. Elle contempla le ciel soudain devenu bleu azur et sombra rapidement dans un profond sommeil, que rien n'aurait pu perturber. Pas même les deux visages aux longs cheveux blancs qui se penchèrent sur elle quelques secondes plus tard et la téléportèrent à travers les airs dans un souffle d'air tiède.

UNE FAMILLE ACCUEILLANTE

Lorsque Capucine ouvrit les yeux, elle crut rêver : elle se trouvait dans un lit aux draps fleuris recouvert d'une énorme couette moelleuse ! Paniquée, elle se redressa d'un bond. Malgré la pénombre qui régnait dans la pièce, il lui sembla distinguer plusieurs personnes.

— Où suis-je ? Comment suis-je arrivée ici ? demanda-t-elle d'une voix aigüe.

Une petite femme au visage rond comme la pleine lune et aux longs cheveux blancs comme la neige, s'avança vers Capucine :

— N'aie pas peur, tu es la bienvenue dans la famille Tallgate, chère Capucine. Nous t'avons trouvée profondément endormie dans la clairière des Grands Pins. Tu avais l'air épuisé. Nous t'avons amenée ici pour que tu puisses récupérer en sécurité et au chaud, lui dit-elle avec un grand sourire. Je me présente, je suis Eléanore Tallgate et voici mon mari Charly.

— Bonjour ! dit l'homme élégamment vêtu, s'approchant à son tour pour rejoindre son épouse.

Il se retourna et invita du regard les membres de sa famille restés à l'écart à s'avancer afin de poursuivre les présentations :

— Et voici nos trois enfants : Mila, Ilyana et Irun. Ce sont eux qui t'ont trouvée et nous ont prévenus de ta présence sur nos terres. Et toi ? Que viens-tu faire par ici ? Tu viens du village par-delà la colline, n'est-ce pas ? Ne sais-tu pas que la forêt ensorcelée est un endroit très dangereux, jeune fille, la sermonna Eléanore, les yeux pétillants de gentillesse amusée.

— Euh...Mais ?! Comment connaissez-vous mon prénom ? balbutia Capucine.

Je rêvais d'explorer la Forêt Ensorcelée pour Noël mais j'ai eu tellement peur, là-bas ! Il y avait ces drôles de petits êtres qui apparaissaient et disparaissaient, j'ai cru avoir des hallucinations ! J'ai paniqué, j'ai couru et ensuite je crois bien que je me suis endormie au soleil, expliqua-t-elle d'une traite.

Eléanore Tallgate s'assit sur le grand lit moelleux et prit doucement les mains de Capucine entre les siennes. Cela eut pour effet immédiat de calmer la fillette qui plongea avec confiance ses yeux dans ceux de cette maman rassurante.

— Tes yeux ne t'ont pas trompée, ma chère enfant, commença Eléanore. Les petits êtres, comme tu les nommes, sont en réalité des lutins-gardiens de la forêt. Nous connaissons ton prénom parce que car cela fait plus de 175 ans que nous attendons l'Héritière-au-nom-de-fleur. Elle seule sera capable de délivrer notre royaume de la malédiction de la Forêt Interdite qui nous retient tous prisonniers depuis près de deux siècles. Et, comme seule une Héritière a le pouvoir de traverser la forêt sans se faire enlever par les lutins ou les gnomes, nous en avons déduit que c'était bien toi. De plus, ajouta Eléanore en offrant un sourire malicieux à Capucine, ton joli bracelet en argent, gravé à ton prénom, nous a bien aidés aussi ! Les lutins-gardiens t'ont laissée passer sans autres tracas que leurs farces habituelles, la clairière des Grands Pins t'est apparue pour te permettre de te reposer et nos enfants sont tombés sur toi durant la cueillette de chocochâtaignes de Noël… À ce stade-là, cela s'appelle le destin, ma chère enfant ! Le doute n'est plus permis : tu es bien l'Héritière et nous sommes honorés de faire enfin ta connaissance et de te recevoir chez nous. Mais tu es si jeune, se serra le cœur maternel d'Eléanore. Il va te falloir affronter et triompher d'un grand nombre de dangers pour mener à bien ta mission !

— Mazette ! siffla Capucine abasourdie en se laissant retomber dans son gros oreiller. Et moi qui pensais juste faire une randonnée interdite !

Eléanore s'éclipsa et revint quelques secondes plus tard les bras chargés de parchemins jaunis par le temps. Elle prit place dans un grand fauteuil de velours rouge, déplia un long rouleau plus abîmé que les autres et s'éclaircit la voix :

— « L'année de ses dix ans, au temps des froidures blanches, la veille de la naissance de l'enfant Jésus, l'Héritière-au-nom-de-fleur endossera son rôle, le cœur résolu. Elle franchira la colline et trouvera son chemin à travers la forêt des lutins jusqu'à la maison des gardiens de la magie où elle fera halte. Au pied du grand chêne noir, elle choisira la route vers le soleil couchant. Parvenue au bout de ce chemin, elle accèdera au portail magique gardé par la Pierre de Feu. Par trois fois, elle fera coulisser la poignée magique vers la gauche, une main sur son cœur. Si la Pierre de Feu prend une couleur rouge, preuve sera faite que l'Héritière a conservé le cœur pur. Le portail s'ouvrira et consentira à la laisser pénétrer dans le royaume pétrifié pour délivrer le roi et tout le peuple de la magie. Si par malheur elle prend une couleur verte, les rayons anéantiront l'usurpatrice au cœur noir, statue glacée pour l'éternité. »

La femme se tut quelques instants pour permettre à la fillette de bien mesurer les conséquences de ce qu'elle s'apprêtait à faire : défier l'impitoyable portail magique pour pénétrer au cœur de la cour du roi pétrifié.

— Nous avons confiance en toi, chère Capucine. Nous sommes convaincus que tu es l'Héritière. Toi seule es capable de lever la malédiction qui pèse sur notre royaume ! Nous savons tout cela car notre famille est une des dernières gardiennes des traditions du culte de la magie, conclut Eléanore en adressant un clin d'œil à la jeune aventurière.

Capucine respira un grand coup et fit le tour des visages de cette famille qui l'avait accueillie avec tant de gentillesse. Les trois enfants, Mila, Ilyana et Irun, la couvaient du regard, avec un air si confiant qu'elle se ressaisit vite. Elle se redressa et chassa fermement la peur de son cœur.

— Voilà, conclut Eléanore, tu sais tout ce qu'il y a à savoir pour affronter la Forêt Ensorcelée. Il ne faut pas que tu tardes, il est 11h00 passées. J'ai rajouté quelques provisions dans ton sac pour que tu puisses reprendre des forces lorsque tu en auras besoin. Nous te souhaitons bonne chance et accompagnerons ta quête de nos vœux.

Eléanore serra une dernière fois la fillette dans ses bras avant de la laisser reprendre sa route. Capucine s'éloigna de la maison accueillante de la famille Tallgate et se retourna une dernière fois pour leur adresser un signe d'amitié de la main.

LE ROI PÉTRIFIÉ

Capucine parcourut rapidement le chemin qui la séparait du terrible portail. Ce fut à l'heure précise où le soleil atteignit son zénith que la petite fille l'aperçut enfin derrière un fourré : le portail magique !

Le cœur battant la chamade, Capucine s'avança face à l'immense grille rouillée envahie par les ronces. Elle respira profondément, posa une main sur son cœur et approcha, tremblante, l'autre main, qu'elle posa doucement sur la Pierre de Feu. Elle fit prudemment coulisser la poignée trois fois vers la gauche. Durant quelques secondes, rien ne sembla se passer. Puis, brusquement, la Pierre émit un sifflement sinistre qui fit dresser les cheveux sur la tête de Capucine. Elle ne savait pas si elle devait prendre ses jambes à son cou ou rester là, immobile, à attendre d'être foudroyée et pétrifiée pour l'éternité. Soudain, la pierre s'anima et se mit à vibrer avec une telle énergie que le vieux portail magique en trembla de tous ses gonds. Capucine était paralysée de peur. Puis, le cristal s'illumina d'une magnifique couleur rouge, et des milliers de rayons rouge-feu inondèrent la forêt d'une lumière aveuglante. Capucine n'en croyait pas ses yeux. Quand elle vit le portail magique s'ouvrir dans un grincement sinistre qui fit s'envoler tous les oiseaux alentours, elle réalisa ce qui venait d'arriver. Elle avait réussi à ouvrir le royaume pétrifié !

La jeune aventurière entra prudemment. L'endroit ressemblait à un vieux cimetière abandonné depuis des siècles. Des menhirs de pierres grises étaient plantés çà et là dans la terre envahie par les ronces et les broussailles épineuses. Et, tout autour de ces hautes pierres, des squelettes d'arbres calcinés, organisés en un vaste arc de cercle. Capucine constata avec étonnement que les arbres brûlés étaient pétrifiés, leurs longs membres noueux et leur écorce recouverts de pierre gris ardoise.

C'est l'endroit le plus sinistre que j'aie jamais vu ! se dit la fillette un peu effrayée. Elle resta un long moment à parcourir du regard cette terre de désolation. Déçue, elle s'apprêtait à faire demi-tour lorsqu'un épais brouillard fondit sur la forêt. Capucine recula instinctivement de quelques pas, à deux doigts de se sauver en courant mais elle ne put aller plus loin : le portail s'était refermé ! Et, cette fois, il n'avait pas grincé ! Capucine se sentait prise au piège et une vague de panique monta en elle. Elle se força à respirer calmement et décida de boire un peu d'eau pour reprendre ses esprits. Elle posa son sweat polaire au sol et se laissa tomber aux pieds du plus grand des arbres pétrifiés. Capucine se mit à réfléchir à voix haute, autant pour se rassurer que par habitude d'enfant unique :

— Pauvres arbres ! Que vous est-il arrivé ? Que faites-vous à côté de tous ces menhirs abandonnés ?

Capucine se mit à compter. 13 arbres de toutes tailles - visiblement d'espèces différentes- entourant une petite armée de menhirs rongés par le temps et les ronces. Le cœur de la petite fille se contracta, l'atmosphère ici n'était que tristesse et solitude.

— Toi, tu étais probablement un saule, devina-t-elle. Et toi, peut-être un bouleau, et toi, un chêne...

— Tout juste ! Bonjour, jeune enfant ! vibra le tronc de l'arbre qui soutenait le dos de Capucine.

Elle sursauta. Était-elle en train de perdre la raison dans cet endroit lugubre ou l'arbre lui avait-il réellement parlé ?

— Bon... bonjour, bégaya-t-elle abasourdie.

— Pardon, ma chère, je te prie de bien vouloir m'excuser de t'avoir fait peur, je n'ai pas pu m'en empêcher, les distractions sont rares par ici et nous n'avons pas eu de visites depuis bien longtemps... Si tu es là et si tu peux m'entendre, cela laisserait à supposer que tu es bien l'Héritière-au-nom-de-fleur !

— Eh bien, euh... Non, oui, enfin, je m'appelle Capucine mais...Je ne sais pas, peut-être... Enfin... Le portail a bien voulu s'ouvrir mais je ne pense pas que...

L'arbre squelettique éclata d'un rire caverneux :

— Il n'y a aucun doute possible jeune Capucine, crois-moi, ce vieux grincheux de portail ne t'aurait jamais laissée passer si ce n'était pas toi que nous attendions depuis bientôt deux siècles ! Foi de roi.

Mille questions tournoyaient dans la tête de Capucine, mais elle ne voulait pas interrompre l'arbre qui poursuivit :

— Autrefois, notre peuple vivait très heureux au cœur de cette forêt, jadis luxuriante, jusqu'au jour où un mystérieux jeune homme est venu nous rendre une funeste visite. C'était il y a 175 ans…

Semblant se remémorer ce souvenir pénible, le grand arbre se perdit dans ses pensées quelques instants, puis il soupira et reprit le cours de son histoire :

— Ce jeune homme eut l'impudence de pénétrer dans mon palais sans même s'être fait annoncer. Il m'expliqua de manière très arrogante qu'il revenait d'un long voyage et serait fort aise de bénéficier de mon hospitalité et de ma table. Ce jour-là, j'étais de fort méchante humeur, j'étais préoccupé par la guerre des Croyances qui déchirait le peuple de la magie depuis plus d'un siècle. J'ai failli à mon devoir sacré d'hospitalité et l'ai congédié sans ménagement.

— Mais que s'est-il passé ensuite ? Qui était cet homme ? le pressa Capucine de plus en plus intriguée.

— Patience, jeune demoiselle, j'y viens. Le jeune homme fut très courroucé par mon refus et me dévoila alors sa véritable identité : il s'agissait d'un magicien noir très puissant. Il proféra alors une terrible malédiction : celle de la pétrification éternelle pour moi-même et tous les sujets du palais ! Il lança sa magie la plus noire, nous transforma en arbres ou en menhirs et lança un sort de combustion pour achever de transformer notre royaume en un endroit désolé. Figé pour l'éternité. Il épargna le reste de la forêt mais l'ensorcela afin que plus personne ne puisse y pénétrer. Il fit ensuite courir la rumeur, dans tous les villages alentours, que cet endroit était maudit et que, quiconque s'y aventurerait, périrait dans d'atroces souffrances. Il a également ment installé le portail magique que seul un héritier devait pouvoir franchir pour nous délivrer. Depuis 175 ans, chaque jour, chaque minute, je regrette mon attitude stupide de jeune roi.

— Je comprends, dit Capucine qui éprouvait une grande compassion pour le roi pétrifié.

L'arbre reprit la parole :

— C'est pour cette raison que nous t'attendions avec impatience, car toi seule peux mettre fin au sortilège qui nous retient prisonniers, mes sujets et moi.

— Comment connaissiez-vous mon prénom ? interrogea Capucine. Et comment saviez-vous que j'allais venir ?

— Avant de disparaître, le magicien noir a lancé une prophétie et voilà ce qu'elle annonçait :

« Lorsque près de deux siècles se seront égrenés, à l'âge précoce de dix ans et six mois, l'Héritière-au-nom-de-fleur -la bien-nommée Capucine-, aux yeux marine et à la chevelure couleur de jais, pour toute arme de son courage bardée, d'un pas décidé pour vous délivrer, par une belle matinée surgira. »

Ce fut un choc pour Capucine mais elle ne pouvait plus en douter, c'était bien d'elle que parlait la prophétie !

— Je compatis à votre malheur et je serais heureuse de vous aider mais je ne sais pas ce que je dois faire, commença-t-elle.

— La solution, chère Capucine, est de trouver le coffret au trésor qui contient l'antidote au sortilège. Il est caché quelque part dans la forêt.

— D'accord ! s'exclama Capucine, impatiente de venir en aide au peuple de la Forêt Ensorcelée. Où dois-je chercher ?

— Je ne peux pas t'aider, grogna le roi. J'ignore où le trésor est caché, tu devras te débrouiller toute seule. Comme tu peux le constater je suis bien enraciné…

LE TRÉSOR

Aussitôt, Capucine se mit en quête du trésor mais cela n'était pas chose aisée, elle ne savait ni à quoi il ressemblait, ni où il pouvait bien être dissimulé. Elle chercha sous les pierres, dans les buissons, dans la terre. Rien ! Elle commençait à désespérer lorsque, sans crier gare, un drôle de petit bonhomme se matérialisa sous ses yeux. La fillette réprima une brusque envie de rire face à l'accoutrement original de cet étrange personnage coiffé d'un chapeau haut de forme vert kaki, d'un pantalon à pois orange et d'un gilet à pompons blancs.

— Ma chère Capucine, pour trouver le trésor il te faudra affronter ta peur la plus profonde. Il te faut chercher dans l'endroit où tu crains le plus d'aller, énonça le génie de l'herbe.

Et il disparut aussi soudainement qu'il était apparu ! Capucine se mit à réfléchir. Là où j'ai le plus peur d'aller…songea-t-elle. Son visage s'éclaira pour se refermer aussitôt :

— Oh ?! Je crois que j'ai trouvé ! En arrivant, j'ai aperçu un grand lac tout près d'ici. J'ai horreur de l'eau qui stagne et de tout ce qu'il y a sous l'eau. Ahh ! Le coffret doit se trouver dans le lac, au fond de l'eau !

Elle parut réaliser ce qu'elle venait de dire et son enthousiasme retomba comme un gros soufflé manqué. Elle avança lentement jusqu'à la berge du lac aux eaux immobiles et noires.

— Et s'il descendait à des milliers de kilomètres ? Après tout nous sommes dans un pays magique. Et si je ne pouvais plus remonter ? Et s'il était infesté de créatures féroces ?

Capucine interrompit le flot de ses questions angoissantes et se décida à pénétrer dans les eaux noires comme de l'encre. Elle avala une dernière bouffée d'oxygène, se boucha le nez et plongea. Elle ouvrit les yeux et s'aperçut avec soulagement qu'en réalité, les profondeurs du lac étaient assez lumineuses contrairement à ce qu'elles laissaient présager depuis la surface.

L'endroit fourmillait de longues et épaisses algues vertes et noires et de petites créatures aquatiques lumineuses qui la frôlaient de toutes parts. Une superbe salamandre écarlate tournoya autour d'elle avant de disparaître derrière un rocher. Capucine progressait rapidement sous l'eau lorsqu'elle manqua avaler une goulée d'eau en hurlant de surprise et de peur. Elle regarda vivement sous elle. Une main, gluante, recouverte d'écailles noires et vertes lui avait saisi la cheville et tentait de l'entraîner au fond de l'eau. La fillette imagina aussitôt son assaillant comme une créature monstrueuse qui allait faire une simple bouchée d'elle au fond du lac ! Sa tête se mit à tourner, elle paniquait et commençait à suffoquer. Elle ne tiendrait pas longtemps et allait finir par couler inévitablement.

Soudain, un immense hippocampe doré au corps de dragon aux écailles noires se matérialisa juste à côté de Capucine. La créature émit un son bas qui se propulsa en une seconde dans les eaux et électrisa Capucine de la tête aux pieds. L'instant suivant il lui sembla qu'une étrange énergie s'était emparée d'elle, lui impulsant la force nécessaire pour combattre cette main qui l'agrippait et tentait de l'engloutir dans les eaux noires. L'hippocampe-dragon lui adressa des signes frénétiques à l'aide de ses ailes et de sa longue queue. Capucine comprit aussitôt le message. Elle battit vigoureusement de son pied resté libre et asséna un grand coup à la créature à qui appartenait la main pleine d'écailles gluantes.

Enfin libre, elle remonta à la surface quelques instants afin de reprendre son souffle. Quand elle replongea, l'hippocampe-dragon était toujours là, qui l'attendait. Aussitôt, elle nagea dans sa direction et le suivit. Il l'emmena au beau milieu du lac et lui indiqua l'entrée d'une petite grotte dissimulée parmi les algues. Capucine s'y engouffra avec détermination. L'hippocampe fit demi-tour et la fillette le regarda disparaître en lui adressant un gracieux merci de la main.

À la grande surprise de Capucine, la cavité n'était pas remplie d'eau. Elle s'en réjouit car le souffle commençait cruellement à lui manquer. Sur ses gardes, elle avança lentement à l'intérieur de la caverne sombre. Guidée par un instinct infaillible, la fillette ne tarda pas à découvrir une petite malle dorée, nichée dans un renfoncement de la paroi rocheuse : le coffret au trésor !

Elle s'en saisit, le cœur battant, convaincue que c'était bien là bien là que se cachait l'antidote et regagna la berge avec empressement. Arrivée à la surface du lac, elle jaillit hors de l'eau, serrant bien fort sa découverte contre elle. Il lui tardait de savoir ce que recelait le coffret. Elle courut à perdre haleine jusqu'à la cour du roi pétrifié. Une fois devant l'arbre, essoufflée mais rayonnante, elle déposa le trésor entre les racines du grand arbre.

— Eh bien, ouvre-le ! s'impatienta le roi d'une voix fébrile qui faisait vibrer tout son tronc et ses pauvres branches calcinées.

Tremblante d'excitation, Capucine souleva doucement le couvercle de la petite malle. Une lumière blanche en jaillit, elle était si aveuglante que Capucine se protégea les yeux de son bras.

Les puissants rayons illuminèrent aussitôt la forêt tout entière, levant ainsi le sort qui avait transformé le roi et ses sujets en arbres et en menhirs. Sous les yeux ébahis de Capucine, tous reprirent peu à peu leur forme humaine tandis qu'un palais somptueux poussa comme un champignon sous ses yeux. Ce n'était plus un vieux chêne pétrifié qui se dressa alors devant la fillette aux yeux écarquillés mais un élégant et magnifique jeune roi à la longue chevelure dorée, tout de blanc vêtu. Encore tout engourdis d'avoir été immobilisés pendant ces longs siècles, les sujets se redressèrent péniblement et se rassemblèrent autour de leur cher souverain.

— Majesté ! s'écria le Premier Ministre, en rajustant ses bésicles sur son long nez, comment vous portez-vous ? Que s'est-il passé ?

— Je me sens très bien mes fidèles sujets, rassurez-vous ! C'est à cette jeune personne que nous devons l'annulation de ce terrible sortilège. J'ai l'honneur de vous présenter Capucine, la courageuse enfant qui a surmonté bien des obstacles pour nous venir en aide. Elle aurait pu abandonner maintes fois mais, guidée par son courage, elle a persévéré sans jamais faillir.

— Mais enfin… bafouilla le ministre, incrédule, ce n'est qu'une enfant, comment a-t-elle pu… ?

Le roi l'interrompit :

— Capucine n'est pas une petite fille ordinaire, mon cher ami, c'est l'Héritière que nous attendions depuis 175 ans ! Elle a triomphé de toutes les épreuves de la malédiction pour nous délivrer. Son courage et son cœur pur ont été ses alliés les plus précieux dans cette quête ardue.

Le souverain fit signe à Capucine de s'approcher. Tous les habitants du royaume de la magie s'écartèrent avec respect pour laisser passer l'héroïne. Emue et fière, elle s'avança vers le roi qui lui tendait une main reconnaissante. Le peuple s'inclina en une profonde révérence. Arrivée à la hauteur du souverain, Capucine glissa une main tremblante dans la sienne sous les acclamations assourdissantes des sujets du royaume, heureux d'avoir retrouvé leur liberté.

Tout le monde se pressait autour d'elle, chacun souhaitant lui témoigner sa reconnaissance d'avoir sauvé le peuple de la magie de l'oubli éternel. Le roi plongea son regard d'émeraude dans celui de Capucine :

— Ma chère enfant et chère Héritière, nous te vouerons une gratitude éternelle et je te nomme officiellement sujet de mon royaume. Tu es ici chez toi et tu seras toujours la bienvenue dans mon palais. Je voudrais exaucer un de tes vœux en témoignage de ma profonde reconnaissance. Choisis ce qu'il te plaira et tu l'obtiendras !

Capucine avait l'impression de rêver, elle était incapable de réaliser ce qui lui arrivait. Dans sa tête se mirent à tournoyer des dizaines de vœux farfelus qu'elle écarta les uns après les autres d'un rire enfantin. Déboussolée par tant d'émotions, elle parlait à voix haute sans même s'en rendre compte, au grand amusement du roi et de sa cour :

— Hum...un téléphone portable dernier modèle ? Non, bien sûr que non : stupide, éphémère ! Une voiture neuve pour les parents ? Non, aucune vraie excitation, même pour eux...Une belle maison avec une piscine ? Hihihi, je m'en lasserais vite. Oh ?! Oui, c'est ça ! Bien sûr, c'est parfait ! Majesté, je crois que j'ai fait mon choix.

— Je t'écoute, chère Capucine.

— Je souhaiterais que les tous les enfants de mon village croient à la magie le jour de Noël. Mon vœu le plus cher serait que, chaque année, à minuit, lorsque retentissent les cloches de l'église pour annoncer la naissance de Jésus, la neige tombe et que tous les animaux se mettent à parler. Mais, seuls les enfants et les adultes qui ont conservé leur cœur d'enfant, seront capables de les entendre…

Le roi toussota dans sa manche pour masquer son émotion et dévisagea longuement Capucine avant de lui répondre d'une voix chaleureuse :

— Ton vœu me prouve, une nouvelle fois, combien sont précieux nos Héritiers. En effet, chère Capucine, il existe encore, sur cette belle planète, quelques rares humains mi-magiques, que nous nommons les Héritiers. Comme toi !

— Mimagiques ?! répéta la petite fille.

— Oui, mi-magiques, ou si tu préfères à moitié magiques. Ma chère Capucine, tu es le lien unique entre ton monde et le monde de la magie. Grâce à toi et aux autres rares Héritiers, les hommes conservent, au plus profond de leur cœur, cette croyance en la magie. Si tu préfères, tu es une ambassadrice de la foi en la magie ! Ton joli vœu sera bien sûr exaucé, dès cette nuit et ce, pour l'éternité. Foi de roi.

— Oh ! Merci Majesté ! Merci, balbutia Capucine émue aux larmes.

— Chère enfant, avant de te laisser repartir chez les tiens, j'ai une dernière requête de la plus haute importance à te soumettre, reprit le roi. Nous souhaitons vivre en paix et ne voulons pas nous mêler aux humains qui aiment tant guerroyer sous le moindre prétexte. Nous tenons à préserver le secret de notre existence alors, s'il te plaît, ne parle à personne de ce que tu as vu ici.

Capucine adressa un grand sourire au roi, une lueur espiègle dans l'œil :

— Je vous promets que je garderai le secret. De toute façon, dans mon monde, personne ne croit ce que racontent les enfants ! Et si je leur parlais de l'hippo-campe-dragon, de vous et … de l'adorable minilicorne arc-en-ciel qui vient de se poser sur mon épaule, je passerais pour une illuminée !

— Majesté, demanda-t-elle soudain la gorge serrée, comment vais-je rentrer chez moi ? J'aimerais tellement que mes parents ne s'inquiètent pas car il com-mence à être tard et le réveillon de Noël va bientôt commencer et je n'ai même pas pris ma…

Capucine n'eut pas le temps de finir sa phrase que, l'instant d'après, elle fut enveloppée dans un tourbillon crépitant de poussières d'étoiles et disparut de la forêt.

LA VEILLÉE DE NOËL

Dans une maisonnette nichée au cœur d'un petit village des Monts d'Arée, la jeune Capucine se réveilla tout habillée dans son lit. Désorientée, elle jeta un coup d'œil au réveil sur sa table de chevet : 19h30 ! Le souvenir de la cour pétrifié, du jeune roi et de l'hippocampe-dragon jaillit aussitôt à sa conscience. Un immense sourire illumina son visage : le monde de la magie existait vraiment et maintenant elle en faisait partie !

Quelle aventure hallucinante ! rêvassa Capucine en enlevant ses gants et sa polaire, dans lesquelles elle étouffait de chaleur dans sa chambre.

— Capucine ! Capuciine ! Où es-tu ?

La petite fille sursauta. La voix angoissée de ses parents résonnait dans toute la maison et, l'instant suivant, elle entendit leurs pas fouler l'escalier. Vite ! Elle se rallongea sur son lit, en tee-shirt, et attrapa le premier livre venu qu'elle ouvrit au moment où sa porte s'ouvrait à la volée :

— Capucine ! Tu étais là ! s'exclamèrent ses parents à l'unisson.

— Euh…oui, bien sûr ! rougit la fillette qui ne s'était pas rendu compte qu'elle tenait son livre à l'envers.

— J'ai fait une sieste au retour de ma randonnée, ajouta-t- elle. J'étais épuisée.

Les parents se regardèrent, décontenancés.

— Et tu ne nous as pas entendus t'appeler dans toute la maison et le jardin ? Tu devais vraiment être fatiguée, mon pauvre chaton ! lui dit son papa en lui adressant un clin d'œil amusé.

— Capu, tu exagères avec tes chaussures ! Je t'ai demandé cent fois de les retirer dans la cuisine. Regarde, il y a de la boue jusque sur ta couette, râla maman. Je vais te faire couler un bon bain moussant et tu pourras ensuite t'habiller chaudement pour la veillée de Noël, ma chérie.

— Au fait, Capucine…ton livre est à l'envers… lui glissa son père en riant avant de refermer la porte de sa chambre.

Une heure plus tard, la petite famille rejoignit le reste du village devant l'église qui brillait de dizaines de décorations multicolores clignotantes. Une immense étoile dorée surplombait le clocher givré. Les températures avaient brusquement chuté et Capucine, le nez en l'air, humait l'air glacé avec délices. Sur la place de l'église, le Maire et son conseil municipal avaient installé leur stand traditionnel de Noël. Chaque année, les habitants s'y réunissaient avant la longue messe de la Nativité pour profiter d'un moment convivial autour d'un chocolat chaud, de châtaignes grillées et, pour les plus grands, d'un bon vin chaud épicé.

Durant cette messe de Noël, le prêtre fut aussi surpris que ravi de la ferveur de ses fidèles qui participèrent comme jamais à cet office. Les chants s'élevèrent dans l'air glacial de la petite église avec une foi qu'on eût dite renouvelée par quelque miracle de Noël en suspens. Capucine jubilait, elle avait l'impression de sentir la magie crépiter tout autour d'elle. Les joues rosies par l'émotion, elle s'empara de la main de ses parents et les serra fort dans les siennes. Je vous aime, murmura-t-elle. Ses parents la dévisagèrent, abasourdis par cet élan d'amour de la part de leur fille, d'ordinaire si pudique. Ils se sourirent tendrement.

— Mes chers amis, que la Paix et l'Esprit-Saint soient avec vous. Je vous invite maintenant à regagner la chaleur de vos foyers pour partager en famille un beau repas de Noël, conclut le père Sanson.

Sur le chemin du retour, Capucine sautillait de bonheur dans la nuit étoilée tant elle avait peine à masquer son excitation grandissante. Depuis la sortie de l'église, elle sentait ce petit quelque chose dans l'air qui lui chuchotait que la neige allait bientôt tomber. Elle regarda l'heure : 23h00. Plus qu'une heure avant les douze coups de minuit !

Le dîner de réveillon se déroula comme dans un rêve éveillé pour la fillette. Capucine en était convaincue au plus profond de son cœur : son vœu de Noël serait exaucé et tous les enfants vivraient, comme elle, la preuve incontestable de l'existence de la magie !

— Ma chérie, tu ne veux pas déballer tes cadeaux ? demanda maman, la bouche encore pleine de bûche au chocolat praliné.

— Pas avant minuit, maman ! s'indigna Capucine.

— Je ne t'ai jamais vue pinailler pour quelques minutes, éclata de rire son papa. D'ordinaire, nous avons du mal à te faire tenir jusqu'au dessert et, là, tu as englouti ton repas comme si tu étais en retard pour attraper un train ! Qu'y a-t-il de si particulier ce soir ? demanda papa.

- Oh ? Euh… vous verrez bien, je ne peux rien vous dire, c'est une surprise, murmura Capucine, les yeux brillant d'étoiles.

— 23h59, annonça papa.

La petite famille se tut. Un ange étira ses longues ailes sur le salon qui baignait dans une douce lumière tamisée. Le chien Cosmo et son meilleur ami, le chat Babou, paresseusement étendus devant la cheminée, redressèrent soudain les oreilles.

— Minuit ! Joyeux Noël !! cria Capucine en se précipitant à la fenêtre.

Le temps sembla se figer, les lumières du sapin se firent soudain plus brillantes et toutes les ampoules de la pièce s'éteignirent brusquement.

— Oh !! s'écrièrent les parents dans un même élan.

— Papa, maman, la neige tombe, regardez ! Mon vœu a été exaucé… s'exclama Capucine.

La petite famille contempla le jardin qui blanchissait à vue d'œil : une neige épaisse tombait à gros flocons blancs sur le jardin.

— Vite, dehors ! lança papa. Le dernier arrivé est une poule mouillée.

— Poule mouillée, poule mouillée, il en a de bonnes, le papounet ! Je suis un chat, moi ! maugréa le chat.

— Oh, arrête de râler, on va s'éclater mon pote ! Allez, Capu, hop hop hop, on se bouge ! sautilla Cosmo, impatient de se rouler dans la neige fraîche.

— Cosmo ?! Babou ?! Je peux vous entendre ! Vous parlez pour de vrai ! Papa, maman, vous aussi vous les entendez ?

Les parents, qui étaient en train d'enfiler leurs manteaux, s'arrêtèrent un instant, fixèrent le chien et le chat, puis leur fille. Ils l'entourèrent de leurs bras, souriants :

— Capu, il n'y a que toi pour être capable de voir la magie en toutes choses. Tu comprends Babou et Cosmo mieux que quiconque donc si tu les entends, c'est qu'ils te parlent et nous te croyons. C'est aussi cela le miracle de Noël... Quant à nous, nous sommes peut-être un peu vieux pour autant de magie. Mais pas pour une partie de boules de neige ! s'exclama papa en ouvrant tout grand la porte du jardin.

Restée seule avec ses animaux, Capucine, les prit dans ses bras et les couvrit de câlins :

— Joyeux Noël, jolie Capucine ! Et merci pour tout l'amour et les bons soins que tu nous as donnés cette année ! articulèrent Babou et Cosmo.

L'instant suivant, les deux compères poilus se remirent à miauler et à aboyer. Cosmo bondit joyeusement dans le jardin et Babou regagna sa place favorite devant la cheminée.

Partout, dans le village, des dizaines d'enfants, le nez collé à leur fenêtre, assistèrent à ce spectacle magique de la neige qui posa son manteau blanc immaculé sur leur petit village breton.

Et, partout, dans chaque maison, les chiens, les chats, les perruches, les lapins, les hamsters se mirent eux aussi à parler aux enfants le temps de deux petites minutes. Deux petites minutes magiques qui resteraient gravés à tout jamais dans leurs cœurs. Tel un talisman de bonheur.

Capucine regarda tristement sa montre : 00h02. La magie avait déjà cessé, pensa-t-elle tristement, les yeux perdus dans le vague.

— Capucine, nous t'attendons, résonna la voix enjouée de sa maman depuis l'extérieur.

— J'arrive !

Au moment où la fillette allait passer le seuil de la porte, une mini-licorne arc-en-ciel apparut subitement sur son épaule et pressa son doux museau contre sa joue :

— Ne sois pas triste, chère Capucine, pour toi, jamais la magie ne cessera. Chaque année, ton vœu sera renouvelé, et ce pour l'éternité. Je te souhaite un joyeux Noël de la part de tout le peuple de la magie. Reviens vite nous voir ! ajouta la petite créature ailée avant de disparaître dans un nuage de poussière d'étoiles argenté.

Une fois la bataille de boules de neige terminée et un magnifique bonhomme de neige érigé à grands renforts de fous rires et de neige dans le cou, tout le monde rentra déballer les cadeaux au pied du sapin.

— Oh ?! s'écria Capucine.

— Elle ne te plaît pas ? s'inquiéta maman.

— Oh si, maman, elle est parfaite ! Je l'aime déjà, murmura la petite fille les yeux débordant de larmes de bonheur.

Babou et Cosmo rejoignirent Capucine et s'allongèrent sur leur petite maîtresse qui serrait fort contre son cœur son cadeau préféré : une adorable petite licorne en peluche aux couleurs de l'arc-en-ciel.

L'AUTEURE

Nath-Apolline

Dès le plus jeune âge, l'écriture est devenue une boussole de résilience qui m'a permis de naviguer dans les eaux troubles de mon enfance.

Aujourd'hui amarrée en terres bretonnes avec ma famille, j'écris avec bonheur pour la jeunesse et j'ai créé ma micro-entreprise de coaching en édition. La vocation de mes romans : faire rêver et rire les enfants. Les faire réfléchir aussi. Ecrire pour les enfants est ma manière de faire chanter la beauté du monde pour leur transmettre l'art de danser sous la pluie.

Après des études de Lettres Modernes à la Sorbonne émaillées de voyages en Asie et d'expériences humanitaires, j'ai enseigné le français une dizaine d'années en collège, au lycée et en BTS tout en pigeant pour des magazines. Entre temps, j'ai exercé les métiers de responsable d'un pôle tourisme, chargée de commu-

nication, photographe, ghostwriter ou
encore correctrice.

Table des matières